Jorge Posada

con Robert Burleigh

Ilustrado por Raúl Colón

A Paula Wiseman Book
Simon & Schuster Books for Young Readers
New York London Toronto Sydney

A mi esposa Laura y a mis hijos Jorge y Paulina. A mi padre por introducirme al béisbol y a mi madre, por siempre estar ahí para mí.—J. P.

A Paula Wiseman, con muchas gracias—R. B.

En memoria de Lauren—R. C.

ACKNOWLEDGMENTS
Con agradecimientos especiales a Laura Posada. Adémas, el autor y el editor agradecen la ayuda de Edgar Andino y Mark Lepselter.

SIMON & SCHUSTER BOOKS FOR YOUNG READERS
Publicado bajo el sello editorial de la División Infantil de Simon & Schuster
1230 Avenue of the Americas, New York, New York 10020
Texto © 2006 por Jorge Posada
Ilustraciones © 2006 por Raúl Colón
Traducción © 2006 por Simon & Schuster, Inc.
Todos los derechos reservados, incluído derecho a la reproducción total o parcial en cualquier formato.
SIMON & SCHUSTER BOOKS FOR YOUNG READERS es una marca registrada de Simon & Schuster, Inc.
Para obtener información respecto a descuentos especiales en ventas al por mayor, diríjase a Simon & Schuster Special Sales al 1-866-506-1949 o a la siguiente dirección electrónica: business@simonandschuster.com.
La Oficina de Oradores (Speakers Bureau) de Simon & Schuster puede presentar autores en cualquiera de sus eventos en vivo. Par más información o para hacar una reservación para un evento, llame al Speakers Bureau de Simon & Schuster, 1-866-248-3049 o visite nuestra página web en www.simonspeakers.com.
También disponible en edición de pasta dura.
Diseño del libro por Einav Aviram
Traducción al español por Andrea Montejo
El texto de este libro fue compuesto en Antiqua.
Las ilustraciones de este libro fueron hechas en acuarela, lápices de color, y lápices litográficos.
Fabricado en China / 0516 SCP
Primera edición en rústica, febrero de 2010
10 9 8 7 6 5 4 3
Library of Congress ha catalogado la edicíon en inglés.
ISBN 978-1-4169-1476-1 (hc)
ISBN 978-1-4169-9826-6 (pbk)
Publicado originalmente en inglés en 2006 con el título *Play Ball!* por Simon & Schuster Books for Young Readers, bajo el sello editorial de la División Infantil de Simon & Schuster.

—No puedo.

—Sí, puedes.

—No, no puedo.

—Sí. Prepárate.

Jorge se puso en posición de batear. Todo le parecía extraño. Era la primera vez que bateaba *zurdo*. Miró a su padre que aguardaba en el montículo. Su padre cogió impulso y le lanzó la bola. Jorge intentó golpearla con torpeza y una vez más, falló.

La bola fue a dar contra la reja trasera y cayó junto a otras cuatro bolas que Jorge ya había intentado golpear—sin éxito alguno.

¡Esto es imposible!

—No puedo hacerlo, papá —gritó el chico—. No puedo.

—Sí, puedes.

Su padre bajó del montículo y se acercó al puesto del bateador. Se paró detrás de su hijo en posición de batear y lo rodeó con los brazos.—Así es como debes agarrar el bate —le dijo, posicionándole las manos sobre el bate—. Y dobla las rodillas un poco más.

T
41

El padre de Jorge dio un paso atrás. Jorge hizo un swing al aire.—Me siento raro —se quejó—. Si yo ya soy bueno para batear a la derecha, ¿por qué tengo que—?

—Ser *bueno* no es ser *el mejor* —interrumpió su padre, mientras recogía las bolas de béisbol y regresaba al montículo.

Era temprano un sábado por la mañana, y Jorge y su padre eran los únicos que estaban en el campo. El padre de Jorge volvió a lanzar y una vez más Jorge intentó golpear la bola y falló. En el siguiente lanzamiento, Jorge logró rozar la bola con el bate y la bola salió volando hacia arriba, retumbó contra la reja, y cayó al suelo de un golpe seco.

—¿Ves? —le dijo su padre—. Estás comenzando a comprender el juego.

—Ni siquiera cayó adentro del campo —gruñó Jorge. Se volvió a poner en posición, tensó sus músculos y se preparó para batear.

Splat. La bola de goma resonó contra la pared de concreto. Era un miércoles. Después del largo viaje en autobús de regreso de la escuela, lo único que quería hacer Jorge era jugar béisbol.

Splat, splat. Cuando Jorge lanzaba la bola contra la parte alta de la pared, saltaba hacia atrás, y la capturaba en el aire. Cuando la lanzaba más abajo, saltaba a la izquierda o a la derecha para agarrarla en el rebote. Le encantaba el sonido que hacía la bola al entrar en el guante.

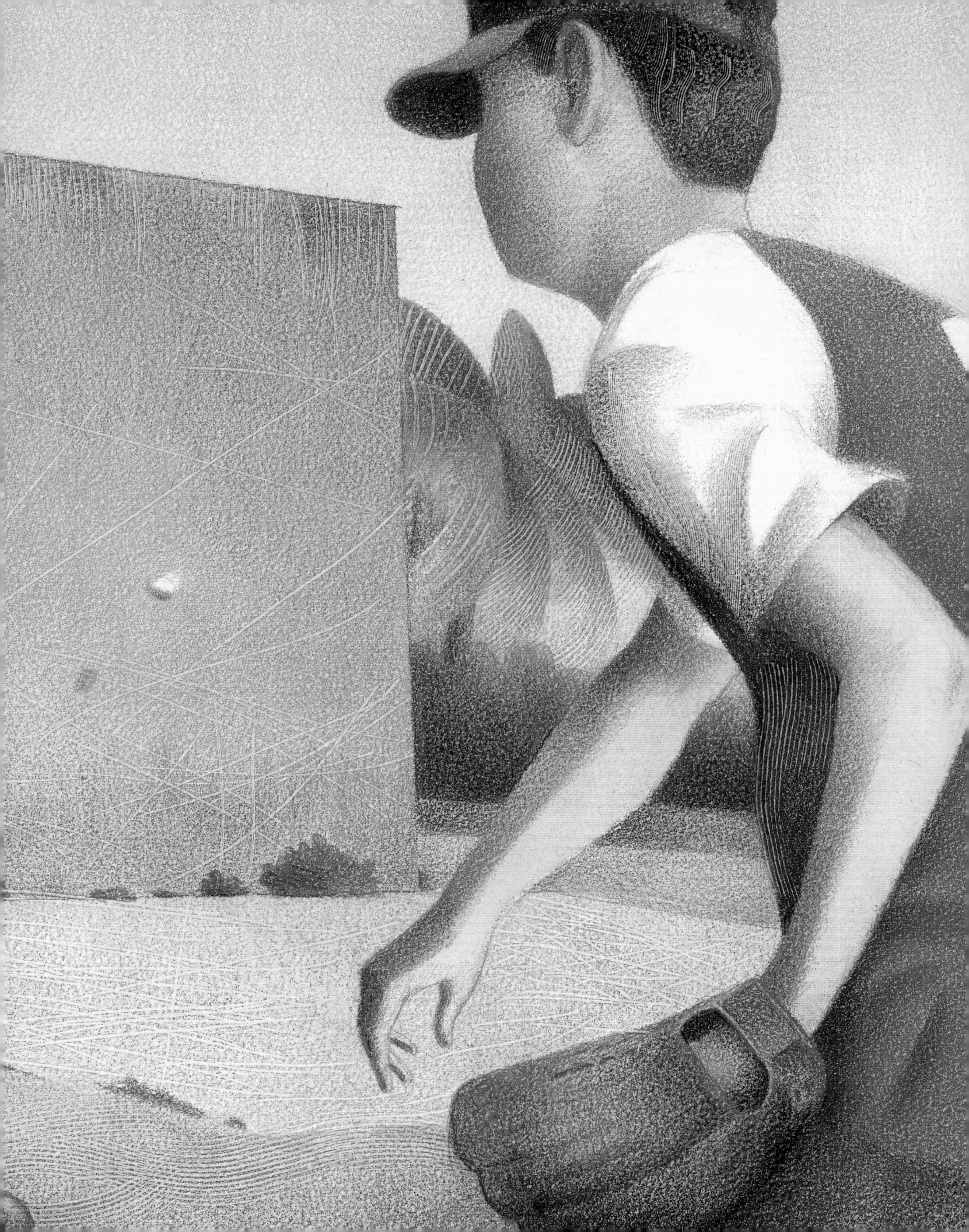

—Oye, Jorge.

Ernesto y Manuel llegaron al lote vacío. Los tres amigos eran inseparables. La madre de Jorge a veces bromeaba diciéndoles que eran "los tres mosqueteros."

—Miren esto —dijo Jorge. Agarró una bola que rebotó del suelo, se la pasó por debajo a Ernesto quien giró sobre sí mismo y se la lanzó a Manuel.

—¿Qué pasa?

Jorge caminó hasta donde estaba su bate tirado en el suelo.—Lo que pasa —dijo Jorge poniéndose el bate en el hombro izquierdo— es que mi papá quiere que yo aprenda a batear a la derecha *y* a la izquierda —dijo con una voz de ultratumba—. Quiere que me convierta en un bateador ambidiestro.

41

Manuel miró a Jorge, sorprendido.—¡No tiene ningún sentido! Tú ya eres muy bueno para batear *a la derecha*.

Ernesto lo interrumpió.—Te equivocas, Manuel. Sí tiene sentido. Cuando uno batea a la izquierda, es más fácil pegarle a una bola lanzada por un pitcher derecho.

—Supongo que sí —respondió Manuel—. ¿Se acuerdan de Roberto, ese tipo enorme con el que jugamos la semana pasada en el parque? Cuando él me lanzaba de lado, era como si la bola fuera a pegarme de frente. ¡Daba miedo!

—Pero por lo menos no me ponchó —se defendió Jorge.

—Sí, pero tampoco es que te haya ido muy bien —respondió Manuel molestándolo—. ¡No lograste más que un par de batazos mediocres!

Los tres chicos permanecieron en silencio. Finalmente, Jorge sonrió con timidez y dijo;—Bueno, pues tal vez sí sea buena idea practicar un poco con la mano izquierda.

Jugaron "pimienta." Ernesto y Manuel defendieron y Jorge bateó. Empezaba a sentir que lograba hacerlo con mayor facilidad. A veces hasta lograba pegarle a la bola, y enviarle una bola de vuelta a uno de sus amigos.

Met

Su verdadero nombre era Hector, pero los del equipo le decían "El Flaco." El equipo en cuestión era Casa Cuba, el equipo de Jorge. Y ese hombre alto y flaco llamado Hector era su entrenador.

Hector sabía absolutamente todo. Sabía lo que debía hacer un paracortos para agarrar una bola lenta que viene rodando por el suelo y lanzarla—estilo submarino—a la primera base. Sabía lo que tiene que hacer un outfielder para lanzarle la bola al interceptor. Además, ¡Hector hasta sabía lanzar una temible curva!

También sabía bastante de Jorge.—Eres un buen jugador, chico —solía decirle—. Y si quieres, puedes llegar a ser muy bueno.

Jorge sonrió. A veces sentía como si Hector fuese un segundo padre para él. La práctica de hoy ya se había terminado, pero Hector seguía en el montículo, lanzándole bolas a Jorge.

Jorge bateó y bateó. Frente a su casa, había algunos arbustos secos justo donde se acababa el jardín. La copa de los arbustos le llegaban a la cintura de Jorge. Se ponía en posición de batear, y hacía un swing al aire, intentando rozar la copa de los arbustos.

Bateaba despacio y con regularidad. Luego bateaba con toda su fuerza. Sentía como sus muñecas se posicionaban perfectamente en el bate. Giraba sobre sus talones. Se sentía bien.

—Tienes que seguir la bola —gritó su padre desde la entrada de la casa, donde había estado observando a Jorge sin que se diera cuenta. Jorge volvió a batear—. Si quieres, vamos al parque, y te lanzaré unos globitos —dijo su padre.

—¡Sí! —gritó Jorge. Le encantaba correr por el infield mientras su padre le lanzaba globitos tan altos que parecía como si nunca fueran a bajar.—¡Vamos! Apenas logre hacer diez swings más.

Con un pítcher derecho como Hector, un bateador zurdo tenía una fracción de segundo más para ajustar su swing. Además, tiene el privilegio de que una curva le llega hacia adentro, no hacia afuera. Jorge estaba comenzando a comprender a lo que se refería Hector cuando le decía, "El béisbol es un juego de pulgadas."

Hector volvió a lanzar—una curva lenta. Jorge midió su swing, y bateó en línea recta hacia el centro derecho del campo.—¡Batazo! Lo estás logrando —dijo Hector emocionado, empuñando su guante.

Caminaron juntos hasta el outfield para recoger las bolas que Jorge había bateado. Pronto Casa Cuba iba a jugar contra su mayor rival—el Club Caparra, uno de los mejores equipos de la isla. Y además, ¡el entrenador del Club Caparra era el padre de Jorge! Hector bajó la mirada, y le dijo a Jorge sonriendo:—¿Estás listo para el gran día?

Jorge tragó con dificultad. *¿Estaré listo?* se preguntó a sí mismo.

¡Un viaje a New York City!

Era grande. Era más que grande. Era *enorme*.

Jorge y su hermanita, Michelle, jamás habían visto a tanta gente.

—Dáme la mano—les repetía su madre sin parar. Y ellos le obedecían. En esta ciudad era muy fácil perderse.

Fueron a Chinatown. Subieron a la cima del Empire State. Pasearon por Central Park. Pero lo mejor de todo se hacía esperar . . .

Aquel día, tomaron el tren subterráneo. Cuando por fin salieron de la estación, el padre de Jorge les dijo:—Miren. Ahí está.

Jorge no podía creer sus ojos. Justo enfrente de ellos, en una enorme pared de concreto, había un aviso con letras brillantes que decía: YANKEE STADIUM. Agarrado a la pared había un bate de béisbol gigante que casi tocaba las letras del aviso.

Jorge retuvo su aliento. ¡Ahí era donde había jugado Babe Ruth! ¡Y Mickey Mantle, el mejor bateador ambidiestro de la historia del béisbol!

STADIUM

Siguiendo a la multitud que se adentraba en el estadio, tomaron unas escaleras eléctricas hasta el nivel superior. Desde su puesto, que se encontraba justo encima de la línea de foul del campo derecho, Jorge miró hacia abajo. Observó la oscuridad perfecta del infield, el mar verde de hierba, el techo del estadio y el azul del cielo veraniego.

Justo detrás de una sección de la pared del outfield, había un pequeño jardín de flores. Su padre le dio un par de binóculos. En el jardín, había unos pequeños monumentos. Todo parecía tan real pero a la vez se sentía como en un sueño.

El padre de Jorge habló detenidamente.—Todos sus nombres están allí: el del Babe, Lou Gehrig, y todos los demás. Para siempre.

Jorge observó todos los monumentos, y luego bajó los binóculos, deteniéndose un momento.—Algún día, yo voy a jugar aquí —le dijo a su padre, emocionado.

Sus padres se miraron sonriendo.—Lo hará, yo sé que lo hará —dijo Michelle.

Justo en ese momento, salieron los Yankees. Dave Winfield, tan alto como siempre, entró corriendo por la derecha. Jorge volvió a ponerse los binóculos y enfocó su mirada. ¡Hasta podía ver el número del uniforme de los Yankees que llevaba puesto su jugador preferido!

Casa Cub

Por fin llegó el día del gran partido.

¡A jugar!

Era el partido Casa Cuba vs. Club Caparra. Había mucha gente en el público y por eso Jorge intentaba esforzarse aún más. Pero eso también lo ponía aún más nervioso.

Encima de todo, las cosas no iban muy bien.

El pítcher del Club Caparra era el mismo Roberto con el que Jorge había jugado en el parque. En ese entonces, Jorge bateaba derecho. Ahora estaba bateando zurdo. ¿Pero cuál era la diferencia?

Primer inning: ponchada con sólo tres lanzamientos.

Tercer inning: un batazo débil que terminó en manos de primera base.

Quinto inning: otra ponchada.

Octavo inning: ¡otra más!

En su mente, Jorge estaba reviviendo su deplorable día de bateo cuando de repente, al comienzo del noveno inning, una bola le rodó por entre las piernas. ¡Zip! Un corredor de base logró anotar un punto, y Caparra siguió ascendiendo hacia la victoria.

Jorge quería esconderse debajo de la segunda base. Se quedó ahí solo, de pie bajo el inclemente sol, hasta que por fin se terminó la primera mitad del inning y pudo regresar corriendo hasta la banca de su equipo donde se sentó desilusionado. Ya no había nada que hacer; el juego se había terminado.

Pero después de dos ponchadas veloces, la suerte de Casa Cuba cambió. Un poco. Primero, hubo un error. Después, dos bases por bolas. Jorge recogió su bate y caminó lentamente hasta el puesto de bateo. Oyó como sus compañeros de equipo clamaban su nombre. También oyó como el cátcher del equipo contrario le decía al pítcher:—Esto va a ser una ponchada muy fácil, Roberto. Facilísima.

Jorge dudó un instante. ¡Esta vez, quería batear derecho! ¡No más con esto de jugar ambidiestro! ¡Ni siquiera había sido su idea! *¡Además era imposible!*

Luego recordó lo que le había dicho Hector. Caminó hacia la izquierda. Si en realidad este juego era una cuestión de pulgadas, pues iba a tomarse su pulgada de ventaja. Se puso en posición de batear y Roberto le hizo un lanzamiento de lado que más parecía un cohete. Jorge vio la bola viniendo. Bateó. No era más que un foul. Pero Jorge se sintió bien.

—*Sí, puedes.*

Roberto volvió a lanzar. Jorge bateó. El bate giró en un arco completo, y golpeó la bola perfectamente, en todo el centro. Jorge, que ya estaba corriendo hacia la primera base, vio cómo la bola voló por encima del jugador de segunda base hasta el callejón entre la derecha y el centro del campo.

Vamos. . .

41

Ni siquiera tenía que deslizarse hasta la segunda base, pero de todos modos lo hizo—por puro placer. Sabía que dos jugadores más habían logrado anotar jonrones gracias a su batazo. Casa Cuba había ganado. Había ganado.

—Batazo! ¡Batazo!

Jorge se puso de pie y se giró para ver a sus compañeros de equipo corriendo hacia él. Buscó a su padre. Pero su padre no corría hacia él. Estaba de pie junto a la banca del Club Caparra, con los brazos cruzados. Jorge se dejó llevar por la alegría de la docena de cuerpos que se abalanzaban sobre él.

En el auto de regreso a casa, el padre de Jorge no musitó palabra. La madre de Jorge hacía preguntas acerca del juego, y Michelle no paraba de hablar del golpe final de Jorge. Adoraba a su hermano mayor.

—Es el mejor, el mejor de lo mejor, ¿no es cierto Papá?

El padre de Jorge sonrió. —Bueno —dijo, acariciándole la cabeza a Jorge—, está sin duda *mejorando*. Sí.

Michelle siguió hablando:—¿Podemos parar a comer pizza? ¿Puedo escoger yo los ingredientes? Por favor.

El padre rió.—¿Quieren pizza? Bueno, está bien. Pero, Jorge es el que escoge—. Esta noche —dijo—, los ingredientes serán dos. Uno para la derecha—¡y otro para la izquierda!